只衔花气与多情

卢文丽 著

浙江工商大学出版社

图书在版编目（CIP）数据

只衔花气与多情 / 卢文丽著 . -- 杭州 : 浙江工商大学出版社，2025. 6. -- ISBN 978-7-5178-6148-5

Ⅰ. I227.7

中国国家版本馆 CIP 数据核字 2024D78P25 号

只衔花气与多情

ZHI XIAN HUAQI YU DUOQING

卢文丽 著

出 品 人　郑英龙
策划编辑　沈　娴
责任编辑　程辛蕊　沈　娴
责任校对　杨　戈
封面设计　观止堂_未氓
责任印制　屈　皓
出版发行　浙江工商大学出版社
（杭州市教工路 198 号　邮政编码 310012）
（E-mail:zjgsupress@163.com）
（网址:http://www.zjgsupress.com）
电话:0571-88904980，88831806（传真）
排　　版　南京观止堂文化发展有限公司
印　　刷　浙江海虹彩色印务有限公司
开　　本　787mm × 1092mm　1/32
印　　张　8.875
字　　数　150 千
版 印 次　2025 年 6 月第 1 版　2025 年 6 月第 1 次印刷
书　　号　978-7-5178-6148-5
定　　价　88.00 元

卢文丽

女，浙江杭州人，中国作协会员，一级作家，杭州市作协副主席，新闻工作者。幼嗜学，长而弥笃。笔耕砚田四十春秋，著有诗文、小说集十余部，担纲主编G20典册『最美是杭州』从书诗词卷《淡妆浓抹总相宜》等。业余酷爱古典诗词，吟咏不倦。

序

骆玉明——复旦大学中文系教授、博士生导师

杭州西湖一带是锦绣河山。不只因为湖光山色、绿茵繁花，那种美的精致与丰赡，也是因为历代才士凭借锦心绣口，为之编织了文辞的风华。你当然知道白居易的浅草马蹄，苏东坡的山色空蒙，或许还知道龚自珍的剑气箫心，乃至柳如是的桃花美人……但要读完是不可能的。

西湖自身拥有一个诗的世界，当然它也孕育诗人。在水涯在山间，无端欢喜或是茫然若失的少年，你不知道他们什么时候下笔有神，流出波光闪烁、霞影飘舞的诗行。

卢文丽就曾经是这样一个女孩。她说自己在西湖边长大，从童年到少年，每天放学时荡着书包，沿长桥公园走回家，一路看花草四季、村舍人家。这样她长成一个诗人。她是一家报社的资深记者和编辑，业余写散文、小说、新诗和旧体诗。她为杭州写过一部现代诗集《我对美看得太久——西湖印象诗100》，《只衔花气与多情》则是一部旧体诗的集子。

我们知道『五四』新文学运动以后，变化最大的是诗歌。古典诗

歌延绵几千年，展现了中国人壮阔多彩的情感世界，而新诗的兴起，似乎意味着这一传统将被截断。习惯写旧体诗的老一辈人渐渐寥落，年轻一代与此渐行渐远。人们说这是『自然之势』。

但近些年来，情况又有改变。不仅喜欢读古诗的人多起来，年轻诗人创作中新旧两体兼容并蓄的情形也越来越常见。他们可能在古典诗歌的训练方面有些不足，但喜欢是真心，因此作品每每令人心动。

我曾经和朋友聊起这种现象。我的感觉是，这不仅仅体现了人们对古典诗歌传统的喜好与尊重，也是艺术创造本身的需要。换言之，旧体诗恐怕没有那么『旧』，它在现代人的生活中仍有存在的空间；它的若干特点，如注重形式、讲究辞采、偏重委婉含蓄等等，比新诗多一层距离感，更合适把日常生活艺术化，造就唯美的诗境。这至少对一部分作者和读者来说，仍然与情感契合。

诗应该写什么呢？这并无定规。乱离有悲愤，遗世生奇想，这些当然都是诗材。但有时候，诗只是写日常琐事、平凡景象，依然可以营造新奇的美感。王维『渡头余落日，墟里上孤烟』两句诗，描写黄昏时刻的景色：河边的渡口还残留着淡淡的阳光，村庄里已经升起了人家做晚饭的炊烟。这是一种安静平和的日常生活景象，但作为诗的意境，却十分动人。《红楼梦》借香菱之口评说道：『这「余」字和「上」字，难为他怎么想来！我们那年上京来，那日下晚便湾住船，岸上又没有人，只有几棵树，远远的几家人家作晚饭，那个烟竟是碧青，连云直上。谁知我昨日晚上读了这两句，倒像我又到了那个地方去了。』

卢文丽这部诗集，依写作时间编排，并无特定的中心主题。但她用『花气』和『多情』来标目，仍是显示了写诗的动机——自然的美和人情的感触。她喜欢写节令的变化：譬如写处暑，『金波漫涌稻粮肥，浓云渐淡雁南飞。炎凉世态皆成趣，纨扇随风咏月归』；写寒露，『疏烟浮可捉，寒露岁时侵。鸿雁南归去，丹枫色始深』；写春分，『湖光烂漫香云漾，山色分明素锦斜。安得此生如草木，春风一绿到天涯』。在中国文化的传统里，人们意识到人和自然是一体的，因此诗人对节令的变化常常很敏感。文丽也用独特的句子，写出她自己的敏感：她写浮烟可『捉』，精心炼字，有生动的趣味；『炎凉世态皆成趣』，又不经意带出禅家的味道。这些都可以看出诗人在学习中国古典文化方面的努力与成功。

王羲之写《兰亭集序》，从节令变化，说到生死无常，『向之所欣，俯仰之间，已为陈迹』。窦唯久不开口，2022年突然用摇滚音乐吟唱了这篇名文，声音苍凉。文丽为此写了一首《赴闽道中听窦唯新歌〈兰亭集序〉有作》：『曲水流觞酒杯老，茂林修竹雨丝摧。行人莫唱兰亭序，饮马秋风草色哀。』这诗里有几分老杜的沉郁，和窦唯吟唱的声情特别契合。而『花气』与『多情』的关系，于此尤可体会。

1991年，卢文丽在复旦读作家班，我在那个班上过课，和许多同学有交往。那时文丽已经出版了她的第一部诗集《听任夜莺》。但是文丽不爱热闹，所以同她交往很少。从浅的印象、浅的了解来说，她文雅、安静、随和，容易同人相处。但是文丽有一点不容易看出的淡漠和伤感，有时诗歌里忽然会有慷慨之气。女诗人的内心外人无从猜测，她们很多时候生活在自己的想象中，伴随灵感起舞。所以我们只有读她们的诗，才能真正感受到灵秀的女子特有的才情和风韵。

序

季惟斋——当代学者

夫诗道之奥，要在自然。不知手之舞之、足之蹈之者，自然也。密云不雨，风行天上，利涉大川，风行水上者，俱自然也。风霆霜露，神气流形，庶物露生，无非教者，亦自然也。故天有四时，春秋冬夏，而诗有四德，兴观群怨。如屈子瑰玮奇谲有莫可测焉者，予观其要，莫非自然。此犹参同契、悟真篇丹经道书深秘幽玄，坎离铅汞、金液鼎炉之类，其机要亦不脱老聃『道法自然』四字。故予论诗，特重此自然之义。深者得之为圣，失之为凡，浅者得之为灵，失之为庸，理一而分殊如是。

吾乡有卢氏，东阳之巨族也，卜宅之地，有雅溪、安溪、锦溪、泗渡、石门等七八聚落，后裔甚蕃，世出闻人，树德如滋。雅溪之卢，源出南唐之卢文纪，而安溪、锦溪等号九支卢者，肇自宋初之卢琰。吾友文丽女史，即锦溪卢氏之世裔也。女史早岁即以文学擅名于坛坫，年略长于予，相交廿年有余矣。风仪端雅，而志气高爽，绰约幽娴，而精湛于思。今忽以诗稿示予，不以予鄙陋，属以序。予何敢当，以语却之，而其心犹拳拳焉不加沮。予嗟叹之，何可辞焉。观其所作，清芬在怀，每得温柔敦厚之意为多，辞气爽朗，时生俊迈明快之美。要之以自然洒脱为心，不以雕肝琢肾为意者也。予素谓诗作非仅游艺而已，亦小蓄所谓君子以懿文德者是也。作诗之人，事之以养真气、扩胸襟、厚人情、豁性灵，神智既充，则与经史之安身立命、玄佛之实修实证，亦何以异哉。第须归于自然耳。观女史之作，吾知其受用处有在于此矣。金华季惟斋。

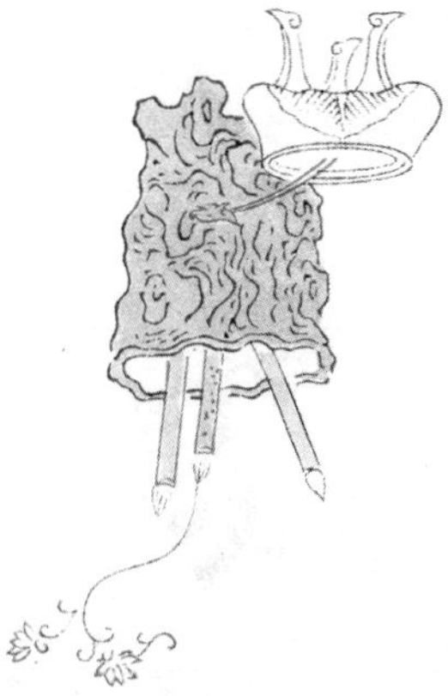

只衔花气
多情

目录

己亥集——2019年

庚子集——2020年

壬寅集——2022年

癸卯集｜2023年

甲辰集——2024年

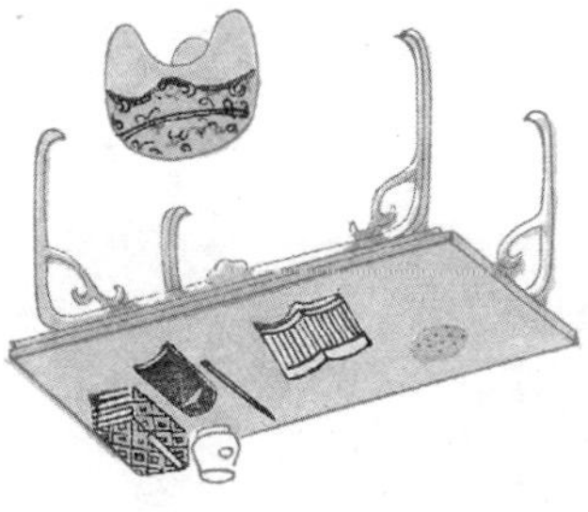

己亥集

2019年

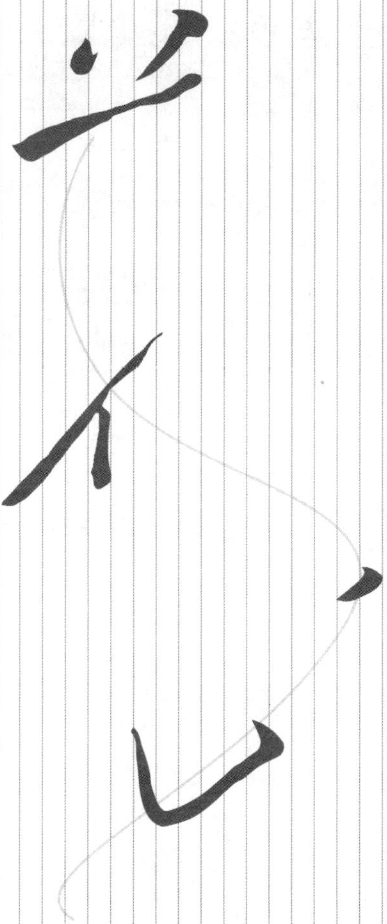

入梦（五绝）

余居郊外，与山林为伴。时有闲情短句，若吉光片羽、雪泥鸿爪，浮之于日常，现之以梦境。偶以旧体诗记之，聊以伴余闲日也。

乍晴还复雨　柳绿又花红

玄鸟逐溪去　青山入梦中

二〇一九年五月二日

采蔬郊外

（五律）

郊区房与父母邻。父母院中菜地，四季时蔬常新，每催余采摘尝鲜。

一亩半分田　葱茏涧谷边
双亲勤打理　催我快烹鲜
瓜隐山蔬翠　藤缠时果悬
陌阡飞彩蝶　池内笑金莲

二〇一九年五月十三日

小筑（五律）

结屋阳明谷　窗轩听涧泉
锦衣常夜坐　书阁每无眠
晨起观萱草　星归写薛笺
溪山行岁月　契阔永相连

二〇一九年五月十三日

忆京城与友小聚（七律）

忆丙申（2016）六月赴京封闭学习结束后，诗友文莺设宴南新仓大董烤鸭店，谈诗论艺。

荷风竹色柳垂青　翠袖罗裙会帝京
东直门头江雪品[1]　南新仓里叙幽情
茶香不觉光阴促　词气欣逢忘去程
他日与君斟美酒　切磋诗意聚杭城

注：①江雪，唐代诗人柳宗元代表作，亦为席间一菜名。

二〇一九年五月二十三日

忆俞源旧游（七律）

忆丙申（2016）夏赴武义俞源，与外国友人分享长篇小说《外婆史诗》。十余年前余写作《温柔村庄》，亦曾造访，故地重游，感慨之。

自驾早年游此地　炊烟袅娜牧童行
伯温堂上觅诗履　村树戏台流曲觞
洞主庙前寻旧梦　七星塘畔鸟栖翔
浮生羁旅归何处　明月清风即故乡

二〇一九年六月一日

咏宣城莲花

（五律）

五柳先生地[1]　芙蕖百里栽
青山衔紫气　白鹭点苍苔
风动乱霞舞　云垂映日开
天香迎客起　荷盖拥君来

注：①五柳先生，即东晋诗人陶渊明。俞源伯温草堂中设寻柳亭，以示对陶渊明的追慕。

二〇一九年六月二日

定风波·椿萱并茂

家母于『新丝路』模特大赛中饰英女王，余前往观赛助阵，赛后同赴五云山疗养院，与家父共进『父亲节』晚餐。

英气逼人赛女王　今朝潇洒走一场
紫冠红裙莲步响　何妨　七三亦是美娇娘
五彩祥云栖翠莽　轻飏　听莺阁上玉兰香
闲坐笑啖邀月饮　归去　萧萧竹影映微阳

二〇一九年六月十七日

喜闻双生子佳绩（七绝）

夏至喜闻双生子考试得高分，作小诗以庆。

又是梅黄柳绿时　鹂声婉转雨如丝

忽闻域外传双喜　沐手燃香谢护持

二〇一九年六月二十一日

双生子负笈欧洲今还家（七律）

三年苦旅不寻常　麻辣酸甜遍个尝
域外同心亲手足　弟兄相伴有商量
谁家绕膝承欢子　转眼抬头酷帅郎
晨起汤羹欣喜做　嗔呵尔等可思娘

二〇一九年六月二十三日

题母子合影（七绝）

光影娉婷树接天　白云深处有炊烟

林梢一抹夕阳醉　树下小童正少年

二〇一九年六月二十五日

静夜观书偶得（七律）

夜读《隆莲大师文汇》，似有觉受。

受熏南祖心怀素　无意蝉声树上鸣
开卷每逢云气绕　推窗独对月光明
莫嗟三界轮回苦　尚有今生寂寞情
品茗随缘观自在　万千诗思一壶倾

二〇一九年六月二十八日

临湖偶得

（七绝）

驱车过湖滨，暖风习习，荷花摇曳，使人心醉神驰，有风乎舞雩之感。

湖上芙蓉醉暖风　岸边翠柳袅晴空

英雄儿女今安在　欸乃声中又适逢

二〇一九年七月一日

大暑日遣怀

（七律）

暑气蒸腾时入伏　尘寰恰似炼丹炉
落霞射斗倾花树　吟草成萤照夜珠
拂水柳枝追鸟影　映波归棹泊云湖
偶随蝶舞观苍狗　不觉蝉声唱客途

二〇一九年七月二十三日

芙蕖香中偶得[1]（七绝）

过北山路，芙蕖盛放，香远益清，契乎吾心。

青山绿柳了真空　黛瓦高台隐笠翁
多少望湖楼上客　古今江上一扇风

注：①芙蕖，即荷花。

二〇一九年八月三日

己亥七月初四读《永嘉证道歌》（七绝）

世事多情皆自累　愚痴尔等又何辜

一尘弹指行千里　微笑拈花对万夫

二〇一九年八月四日

七夕

（七律）

未曾了却未曾休　秋水相望已白头
银汉泠泠寻织女　星河邈邈觅牵牛
忍看灵鹊仙桥架　终怜凡身佛阁求
一掷金钗长恨别　人间千载笛音留

二〇一九年八月六日

饮茶树下（五律）

立秋，小院树下饮茶有吟。

南北仍炎热　蝉音已不同
香樟生绿果　紫竹撼山空
云岫今身似　徜徉趣未穷
遥望窗外叶　一二报秋风

二〇一九年八月八日

夜来飓风入浙（七绝）

超强台风『利奇马』登陆浙江。

月黑风高鲸浪颠　树摇屋晃乱堂燕
千寻此际终成客　九转谁将共看天

二〇一九年八月十日

鹧鸪天·雨夜静思

飓风日，戏填《鹧鸪天》一首。

暴雨倾城天色乌　卷帘灯下诗闲读
半墙花影随风舞　一榻香薰织旧庐
执秃笔　亦踌躇　古今从来不差书
何劳编续荒唐事　不若醍醐观草舒

二〇一九年八月十日

七月十三与友人湖畔居饮茶

（五律）

西子芙蓉美，亭亭八月中。
荷香寻晓寺，柳影对苍穹。
素质生珠玉，冰心藏藕蓬。
万缘倾作雨，一念度秋风。

二〇一九年八月十三日

午时负暄（七绝）

午间，单位草坪晒太阳。

究竟人身不问苦　十分冷淡但期久

肩担暑病怀鲲鱼　背负秋声望天狗

二〇一九年八月十五日

秋夜抄《心经》（七绝）

桂花九曲暑全除[1] 入夜挑灯抄宝书

初识人生如逆旅 新看明月照吾庐

注：①桂花九曲，即桂花九曲红梅茶。

二〇一九年八月十五日

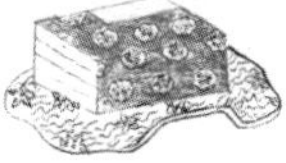

赴新书发布会即兴一首（七律）

参加复旦中文系『高山流水』文丛新书发布会。

一别回望三十载　浮生相聚在曦园
烟岚浩荡迎仙客　日月光华入彩轩
鱼跃海天双塔秀　雁翔楼阁众星喧
今宵放棹擎樽酒　流水高山谢此恩

二〇一九年八月十九日

携散文集赴书展（七绝）

散文集《韩国姑姑》参加上海书展。

彩饰飘翩车马忙　你方唱歌我登场

摩肩接踵心欢喜　且把书香作梦藏

二〇一九年八月二十一日

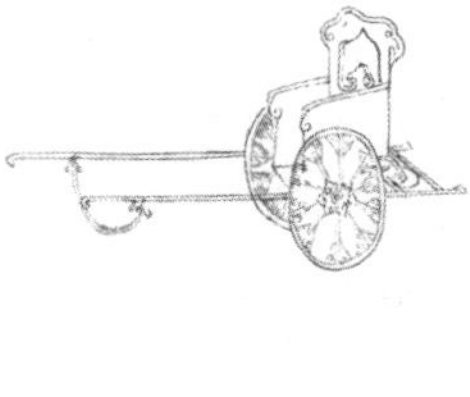

重游复旦大学图书馆（七绝）

早岁图书馆里留　面包清水忘情游
料知窗外梧桐树　犹记青衿长发悠

二〇一九年八月二十二日

处暑（七绝）

金波漫涌稻粮肥 浓云渐淡雁南飞
炎凉世态皆成趣 纨扇随风咏月归

二〇一九年八月二十三日

遇暴雨漫作一首（五律）

暑热困杭城　今宵冷意横、

雷公翻册页　雨母绘千行

青镜怜华发　红尘累盛名

何如江上鹤　蓑笠任平生

二〇一九年八月二十八日

地藏菩萨赞

（五律）

大愿为苍莽　青灯向苦行
雁音千里至　潮信九华萦
气定观三藏　声翻对八瀛
赞襄功德智　世代咏芳名

二〇一九年八月三十一日

夜读莲池大师[1]（七绝）

秋夜阑珊竹影移　蛙鸣相伴读经时

云栖莲座生般若　落日书斋半壁诗

二〇一九年八月三十一日

注：①莲池大师，净土宗第八祖，曾孤身于杭州云栖山修行。

居家杂诗

（七律）

酒解清猿如旧叹　诗生白鹿两相欢
忍看晓色起湖月　空忆秋声萦翠峦
有意栽花花失色　无心种柳柳勾栏
实无所得随时得　应作殷勤如是观

二〇一九年九月三日

静坐（七绝）

静坐盘松初定慧 天生高足痛毋嗟[1]
业障生死君须了 莫负今生阿赖耶

二〇一九年九月六日

注：①脚背偏高，自嘲为高足。

鼓浪屿

（七绝）

海上花园凤鸟来　云边水阁客徘徊
日光岩畔迎风舞　虹影天涯着雨开

二〇一九年九月七日

白露（五绝）

家山秋意起　空谷隐溪声
秋月怜丹桂　中宵伴到明

二〇一九年九月八日

晨练

（五律）

金粟醒林泉　晨星照碧川
萦回山着雨　吐纳气生莲
大梦应过半　虚舟尚在前
宿云栖草木　止语若寒蝉

二〇一九年九月十一日

忆旧游（五律）

忆丙申六月赴京，游西山八大处灵光寺，有幸得见佛牙舍利。

独游八大处　一步一徘徊
西寺嘉音绕　堂前蕙草栽
松风随我影　花气为谁来
忽觉慈云涌　始登弥勒台

二〇一九年九月十二日

中秋二首

（五律）

其一

皎洁千江月　娉婷梦里颜
熏风生早桂　积翠遍金山
不与狸奴近　却从青鸟还
天涯常作客　幻迹照人间

其二

谁个罗敷面　携风潜入夜
冰姿歌广寒　玉蕊醉亭榭
海上鸥遥知　山中鸟未暇
梦游犹得仙　圆缺亦随化

二〇一九年九月十四日

满觉陇二首（五律、五绝）

其一

绿雾连山脉　幽踪冠古杭

轻风醒玉粟　薄酒对新霜

石屋花方好　烟霞夜未央

此情何所寄　拈指问秋香

其二

山翠林幽人语迟　溪云树窑酒旗垂

广寒移得天风雨　自是江南第一枝

二〇一九年九月十七日

贺杭州燃气发展四十五周年（七绝）

参加杭州燃气发展四十五周年庆，作小诗以贺。

金风送爽迎华诞　锦树衔光薪火传

正气天然颂胜事　激情燃烧写新篇

二〇一九年九月二十日　燃灯佛诞日

秋分（七律）

光阴荏苒叶飞红　天秤持平昼夜中
雷始噤声南去雁　雨方敛翠晚吟虫
四时风月皆堪念　万里江山总不同
夕照饮湖舟楫弄　何须梦蝶羡秋翁

二〇一九年九月二十三日

诗友祥子自大凉山寄会理石榴[1]（七律）

金沙江畔石榴栽　跨马山河一日来
色近南红亲颊齿　香生甘露遍桃腮
酡颜只只藏云气　嘉树年年照斗魁
啖食天浆吟会理　千峰曲水醉徘徊

注：①四川会理，坐落于凉山彝族自治州最南部，明代状元杨升庵曾多次途经此地，留下数首诗作。

二〇一九年九月二十四日

记茉莉初开（七绝）

茉莉吐芳绽萼，香盈室，作诗二首以记之。

其一

万点天香栖翠帐　半篙新月挂溪苔
夜来帘动西窗烛　撩乱秋心又一回

其二

绿鬟冰肌淡影柔　香魂开处月魂羞
谁人总把江南忆　拈取芳馨梦里留

二〇一九年九月二十五日

遣闷一首（七绝）

忆昔青春年少时　由缰信马写新诗
晚来回首弄平仄　湖山逢君笑我痴

二〇一九年九月二十八日

浣溪沙·观星

凯军表哥拍摄老家星空照赠余，戏呈此词。

谁个巧工织广罗
乾坤沧溟藏梨涡
此时弄笛彼时歌

松沐雨星方抖擞
人观弦月堪登临
天书从不道蹉跎

二〇一九年九月三十日

题中秋明月照（七绝）

最美堪称秋夕月　殷勤照拂此人间
清辉万顷如甘露　素履千寻只等闲[1]

注：①『素履』本义为白色的鞋，亦象征质朴无华的行为和操守。中秋月周而复始，如走过漫长路途，给人超脱、悠然之感。

二〇一九年十月一日

九月初四题弘一法师圆寂日（七绝）

翩翩公子茶花女　振衣昆仑护梓桑
满陇桂飘慈慧地　虎跑松撼梦泉光

二〇一九年十月二日

题上卢老宅照（七绝）

粉墙黛瓦梦魂牵　村舍炊烟针线雨

娥月为谁照旧庐　娇依婆膝听天女

二〇一九年十月二日

重阳节偕父母赴永福禅寺雅集（五绝）

花醉蝶翩飞　心随尺八归
梵音萦古寺　歇处顿忘机

二〇一九年十月七日

永福寺祈福（七律）

永福寺，钱塘福地也。佳期登高望远，因作是诗。

山道逶迤笑语盈　寺钟缥缈桂香倾
福泉院雅观蒲草　石笋峰横听锦筝
万里长风茶一盏　碧波千顷鸟三声
高堂挈将同临眺　流水松亭共忘情

二〇一九年十月七日

寒露有作（五言排律）

寒露，作五言排律一首，得友人赞。

天迥晨星淡　谷空秋水喑
此时山籁寂　披褐观幽林
目染迢遥景　倾听浩渺音
疏烟浮可捉　寒露岁时侵
鸿雁南归去　丹枫色始深
枝高叶先落　草杂候虫吟
守黑而知白　安常护本心
浮生多少梦　桂雨落山阴

二〇一九年十月八日

观舞剧《李白》（七绝）

参加四川泸州国际诗歌节，夜观舞剧《李白》有咏。

追风捉月谪仙人　何乃趋炎事玉銮

浊酒一壶三尺水　弄舟散发尽余欢

二〇一九年十月八日于四川泸州

品泸州老窖（七律）

紫气东来飞酒乡　清牛南渡驮神浆

吐芬雀舌游千境　凝碧龙涎化五行

老去英雄虽履破　醉中草木亦诗狂

一朝痛饮泸州窖　万里高歌曲绕梁

二〇一九年十月十一日于四川泸州

闲居偶感

（七律）

兴亡须信有天演　风水由来轮对转
山月谁迎行脚僧　草堂自带定心匾
若无良愿岂同游　焉得春花不分辨
梦里浮云归几秋　诗间彼岸镜中展

二〇一九年十月十二日

观戏有得

（七律）

凝睇台前观戏文 岂知已是戏中身
多思总被寡情负 解语难逃无奈春
明月空悲多苦乱 剑锋不作自蒙尘
笑歌离席纶巾整 嗟叹亲人乃丽人

二〇一九年十月十四日

桂花蒸（七绝）

桂花绽放，天闷热，杭人称之『桂花蒸』。

天外芳馨岭树升　人间花气醉游朋
满城诗咏传香颂　美好当须桂子蒸

二〇一九年十月十七日

观群雁南迁有感（七绝）

看纪录片目睹候鸟从西伯利亚起飞，经秦岭浩荡向南，领头者乃一母雁，有感而发。

谁驱雁阵向南飞　风雨慈航梦未稀

秦岭凝眸苍狗伫　灵魂出发即回归

二〇一九年十月十七日

宝华山听首愚法师讲经

（五言排律）

宝华清幽地　深山简朴庐

香台诗佛说　梵呗海天书

翠木连云起　苍崖染目舒

观音颔首立　银杏比肩居

莲炬无着水　日华不住虚[1]

动身般若剑　行路的卢车

孤月自高迴　心光犹始初

真如恒久驻　彼我善昌亲[2]

注：①《华严经·普贤行愿品》中有『犹如莲花不着水，亦如日月不住空』之语。

②善昌亲，首愚大和尚赐余之名号。

二〇一九年十月二十一日

西湖晚间信步有得（七绝）

渺渺唐音淡淡云　霜枫沙鸟梦氤氲
闲来湖上听秋景　笙吹芦花曲目醺

二〇一九年十月二十四日

秋山即兴（七绝）

露寒霜降秋清瑟　万物归心返本真
坐看青山层叠醉　红妆不负有情人

二〇一九年十月三十日

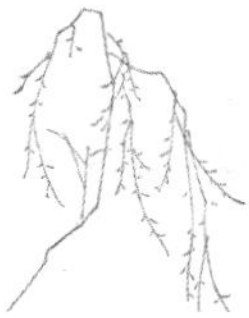

南宋御街得晨食（七绝）

晨至南宋御街，购烧饼油条一副。

旧俗朝餐此二娇　儿时风味惹魂销
晨妆理罢寻香啖　烧饼杭州老油条

二〇一九年十月三十一日

题表哥拍老家秋收照（七绝）

时序更移四野茫　家山披挂嫁衣裳
酒阑邀月吴歌唱　夜半犹闻稻米香

二〇一九年十一月三日

旅途中作（五言排律）

己亥立冬日，赴桐乡出差。

冬气初濡染　柴门歌晓阳
红枫添蔓草　松鼠积资粮
非我爱高冷　霜寒能醒狂
心宽听好鸟　冻笔写新章
云雾天涯客　山河镜里乡
兰芒常在侧　无语对虫蝗
四海烟波雨　千秋星汉光
期逢香雪落　月吻杏花妆

二〇一九年十一月八日

冬夜听琴（五绝）

独行寒灯重　斯人素手冷

琴心归信鸟　芦雪竹尊静[1]

注：①竹尊，竹林中最高最大的竹子。

二〇一九年十一月十五日

卜算子·新居迎老友

吴山脚下，旧居翻修毕，初中同窗来暖房，遂作词一首。

窗纸泊寒枝　屋檐栖霜月
无意天心不飞花　点点琴声咽
乳茗试新杯　红袖炉喧沸
何日烟舟飞棹去　共饮湖心雪

二〇一九年十一月二十日

月夜独吟

（五言排律）

岁寒冬令至，小雪素衣探。
清淡娉婷女，梅花呵手簪。
院中尚无雪，雪白在山南。
松竹凝神立，蒹葭犹自憨。
吟诗观佛手，品茗啖芦柑。
少与人相语，多跟天对谈。
常怀冰雪意，未负锢川岚。
遥看六花落，西湖舟二三。

二〇一九年十一月二十二日

小院冬景（七律）

昔日亭亭仙袂静　今朝灼灼影翩跹
婆娑彩蝶当空舞　烂漫丹枫几度妍
草木无言含大美　山河有约醉婵娟
红泥汤沸诗难尽　茶盏安详梦欲燃

二〇一九年十一月二十七日

冬雨

（七律）

烟月衾寒人瑟瑟　霜风灯冷雨霖霖
夜凉常忆昔年景　日暮堪怜浮世心
万里云飞情几许　一声叶落梦千寻
新炉不顾骑驴客　端坐春壶奏雅音

二〇一九年十一月三十日

咏红枫（七绝）

深秋，枫树渐红。有如一位悉心妆扮的多情女子，作诗以记之。

北风飒飒神光起　万木悠悠秀色殊
唯恐情深人不识　不辞红粉缓缓涂

二〇一九年十二月一日

随少林拳师王洪欣师父习八段锦

（七律）

神光内敛文儒气 仙羽翩然高士传

昔日南师尊教主 今朝东海仰英贤

中原明月西湖水 汗马清歌别样天

挥手江村兹远去 烹茶煮酒待来年

二〇一九年十二月一日

大雪（七绝）

小雪寒时大雪积　立冬暖后凝冬至
此心吾与琮芳共　白马芦花不复识

二〇一九年十二月七日

冬夜梦醒有怀（七律）

己亥冬月廿四，梦见外婆，怅然有作。

梦里犹闻人语笑　床前不见月光痕

儿时啼哭怀中抱　求学挑担江上恩①

再会来生亲缘续　重逢仍进一家门

天涯望尽婆何在　星斗余晖照小村

注：①余高中赴老家借读，外婆挑扁担送余至学校。

二〇一九年十二月十九日

庚子集
2020年

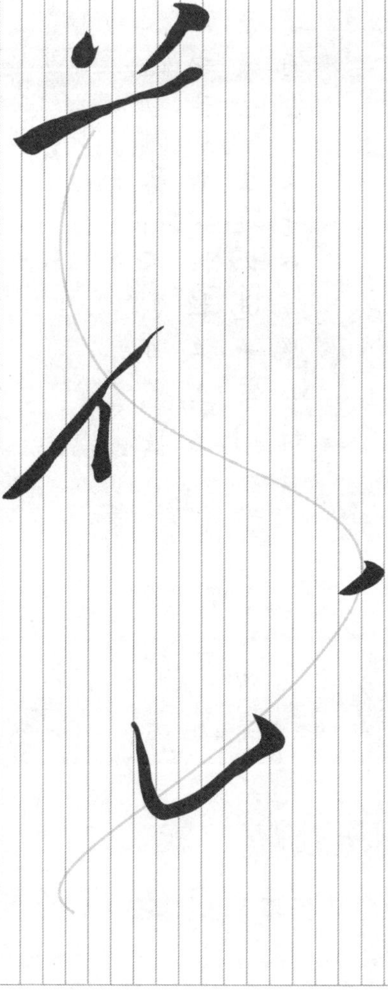

与会有感

（五言排律）

参加第二届世界东阳人发展大会，作诗一首。

横店群星灿　东阳四海连
麒麟呼贵客　狮子舞翩跹
卧虎藏龙地　封侯积雨田
鲁班城下集　文脉马生传
吾愧为乡友　芳心如瑞莲
功名何意得　岁月有情天
朝日江头起　晚风墟里烟
同祈家国盛　恭贺又千年

二〇二〇年一月二日

返乡偶作（七律）

腊月初九返乡，见老屋廿四间修缮中。

岁末还乡何惧冷　身轻如燕自归东
炊烟一缕牵情思　梁栋经年望信风
狮子已空多惋怅　羚羊犹在独怔忡①
飘零青鸟掸双袖　拜谒窗中不老翁

注：①上卢位于浙江东阳江北街道，藏着数座拥有上百年历史的古建筑——四份厅、六经堂、廿四间等，做工精细，木雕精美，檐柱设狮、鹿、羚羊牛腿，鼓形刻回纹柱础。二〇一六年十一月，上卢古建筑群被列为东阳市文物保护点。

二〇二〇年一月三日于东阳上卢

小寒（七绝）

惯于霜夜苦吟长　走笔弯弓尽梦乡

难得春风千里至　小寒赠我蜡梅香

二〇二〇年一月六日

湛卢（七绝）

天心无雪雨如酥　桔盏微明影自孤
水上满襟风响动　山南笼袖守湛卢[1]

注：①湛卢，古代宝剑名，传为春秋时欧冶子所铸。

二〇二〇年一月十八日

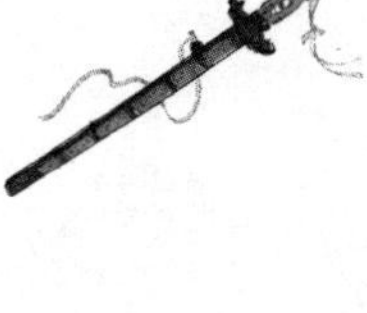

岁末感怀

（七律）

尘嚣方尽轮回起　兰气梅香眼里诗

隔岸犹闻欸乃曲　空山不辨竹枝词

天涯日月星辰淡　笔底春秋草木知

四海功名如雾幛　一生成败在修持

二〇二〇年一月二十一日

庚子正月过西湖（七律）

年至闭关粮斛罄　日斜买米过城阁
雷峰柳色皆生寒　佛国莺声亦戴嚼
遥想人间每苦吟　细思因果乃心壑
祈求神力降魔君　华夏安康长喜乐

二〇二〇年一月二十九日

渔家傲·听冯翔《汉阳门花园》有感

江南岁首风景渺　桃符新贴户枢悄
白衣逆行危难蹈
挥泪笑　劳燕一曲渔家傲

心痛不听江汉调　人间苦楚何时了
日月山川齐颂祷
龙抬爪　繁花绽放柳丝袅

二〇二〇年二月一日

庚子立春偶作（七律）

树影闲窗风料峭　溪声未近柳成行
时晴快雪踪无影　一片寒香字有情
湖上怯添三竺月　座中愁对五言城
只教海内平安日　煮酒烹茶慰早樱

二〇二〇年二月四日

白衣战士出征

（七律）

为浙江援鄂抗疫医疗团出征而作。

岂曰无衣今白衣　战旗漫卷集湖滨

腰间秀发侧身剪　眼底娇儿俯首亲

勇士逆行神骨在　佳人妙手佛心真

一腔热血勤珍重　更待安胜共赏春

二〇二〇年二月十四日

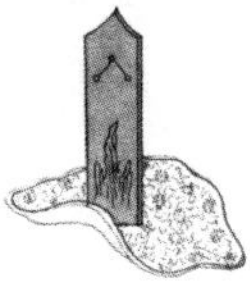

感时一首（七律）

居家休养，抚时感事，作诗一首。

霄气压城天色变　街头不见路人行
钱塘冻雪萧萧落　楚地旌旗猎猎声
万里山川同冷热　半炉菊炭共霜晴①
人间何处寻良药　不寐灯花问夜莺

二〇二〇年二月十六日

注：①菊炭，指菊花炭。

雨水（五绝）

柳暗梅花乱　春寒竹色新

天涯时雨至　问候瓮中人

二〇二〇年二月十九日

追和杜工部《秋兴八首（其四）》（七律）

晨读杜工部《秋兴八首》，忆昔赴衢州烂柯山，追和诗一首。

今古樵柯一局棋　百年倏忽孰知悲
三更明月高悬际　几处青山独抱时
云日壁书归舍懒　松篁阶画下田迟
听任斧烂寻幽返　一树莺花正相思

二〇二〇年二月二十一日

观西湖旧影像有感

（七律）

谁家婉约贤良女　旧日轻盈岸上行
影动凌波丝柳怯　云浮虚阁客舟横
山川虽在琴声远　风月何堪草色明
此际卧游听宿雨　如闻偕梦觅青蘋

二〇二〇年三月一日

惊蛰（七绝）

雷声未起蛰虫急　花信初传浪蝶忙
神鼋负暄吟醉卧　三香闲数一身藏[1]

二〇二〇年三月五日

注：①三香，即梅花、水仙、兰花。

春日过九溪

（五律）

鸟喧山愈静　道阻水更长
微雨天涯酒　轻烟海上香
看山无白石　濯足有沧浪
云巒頟头过　疑曾识旧乡

二〇二〇年三月八日

庚子春分偶得（七绝）

湖光烂漫香云漾　山色分明素锦斜

安得此生如草木　春风一绿到天涯

二〇二〇年三月二十日

晓行湖上（七律）

拂晓至柳浪闻莺，心意恬适。

寻柳吟诗湖上行　几时记忆此徘徊
阑珊绿袖因谁舞　烂漫红衣为我裁
半榻婆娑随喜赠　一枝袅娜有缘猜
遥看画里探花影　不觉人间岁月催

二〇二〇年三月二十三日

雨后漫步湖上（五律）

岁岁江声白　悠悠塔影稀
风随花信动　鸟逐柳姿飞
四海萍踪远　长空剑气归
坐山听流水　歇处顿忘机

二〇二〇年四月十九日

谷雨食马兰（五绝）

谷雨啖马兰头，忆童年与外婆在军区大院后山共采之乐。

村墟蚕豆绿　野渡杂花欢
老少杭篮挎　溪滩挑马兰

二〇二〇年四月十九日

立夏偶拾（五绝）

晨鸟醒春光　墙花醉庐宅
雨丝怜草书[1]　次第不留白

注：①草书，立夏雨丝飘，恰似一位满怀怜惜之意的墨客，挥毫作草书，润绿无白。

二〇二〇年五月五日

插花（五绝）

随手插花乱　人花两适安

闲情寻幽趣　一曲得清欢

二〇二〇年五月十六日

与诸友漫步（七律）

与杭州市城市品牌促进会诸友漫步曲院风荷。

曲苑踏歌湖上游　薰风轻拂水亭幽
新荷几许凌空舞　芳草无穷解语柔
有约青山醉携手　多情明月笑回眸
绿窗澹泊观花树　归梦烟波一叶舟

二〇二〇年五月十九日

小满游曲院风荷

（五言排律）

吾至竟何为　惟寻香一缕
荷香不可寻　但见绿绦舞
松径漏蝉琴　蒲塘响蛙鼓
几时嬉耍场　今属白头主
湛碧楼看山　迎薰阁听橹
金沙曲水飞　紫气甘泉吐
小满人生欢　清和世味补
飞花吹素衣　快马抹林坞

二〇二〇年五月二十日

赏栀子花（五绝）

皎若云中月　香令谪客酣
晚来多旧雨　一梦到江南

二〇二〇年五月二十五日

访梅花堂有感（七绝）

黄梅天访梅花堂，寄惟斋先生。

一叶虚舟归墨海　万钧诗卷筑书城
文心自可雕龙剑　梅影何须问棘荆

二〇二〇年六月三日

芒种（五律）

芒种悄然至　含烟雨似灯

泉声萤语淡　花气蝶魂蒸

湖海留诗对　江山载酒登

望云随梦觉　见月唤卢能[1]

注：①卢能，六祖慧能，俗姓卢。

二〇二〇年六月五日

西塘

（五律）

老宅如乡友　情深雨雪扬
客舟烟柳旧　乌巷足音长
坐对飞花令　归寻流水墙
相思落烟瓦　点滴到西塘

二〇二〇年六月六日

六和塔（五律）

似塔殊非塔　非僧又似僧

五云常缭绕　千嶂失崚嶒

微雨一江影　繁花两岸灯

坐看云雾散　犹有白鸥升

二〇二〇年六月十一日

题白兰花（七绝）

余春天购白兰花一盆，今始放，色金黄，异香，步黄庭坚『花气薰人欲破禅』韵作诗一首。

花气薰人已入禅　妙香盈袖即忘年
雨深犹恐君清寂　研墨挑灯共画船

二〇二〇年六月十六日

睹扇忆外婆（七绝）

天闷热，咏扇遣闷，忆早年与外婆同榻，外婆为余打麦秆扇，深情款款如慈恩。

佳气初醒萱草郁　慈风不倦帐翩跹

握瑜一骑征驹远　娥月千秋抱玉悬[1]

注：①娥月，月亮，外婆名字中有一『娥』字。

二〇二〇年六月十八日

夏至（五律）

夏至香花放　闲窗闻早蝉
云烟山涧挂　苔径竹园连
坐惜时空去　居惭饭饱眠
忙身何所似　雨脚短长焉

二〇二〇年六月二十一日

端阳怀屈子（五律）

泽雨浮吴越　风荷动曲觞
一支舟楫舞　遍地艾蒿香
千古离骚体　九州尔雅章
何须歧路问　山水楚音长

二〇二〇年六月二十五日

径山寺放生（五律）

周末游径山寺，友携老龟放生于东坡洗砚池。

瑞霭浮仙境　高台映月辉
云烟何所住　松竹本无依
墨砚耆龟放　清泉白鹿归
青山苔锦著　紫气共霞飞

二〇二〇年七月六日

与友龙坞饮茶寄怀（七绝）

龙坞云深草树中　村墟花俏朵儿红

殷勤骤雨呼仙客　对酌青山不老翁

二〇二〇年七月九日

大暑（七绝）

梅雨歇时双子临[①] 榴花飞尽一枝簪

仰头牵手憨痴望 原是相安最可心

注：①双子，即双生子。

二〇二〇年七月二十二日

携子至莫干山避暑（七绝）

高天斗柄位移时　绿海飞湍谒翠池

有意青山神剑铸　多情莫干自修之

二〇二〇年八月七日　立秋

自淳安返杭途中作（七绝）

率杭州市级媒体赴淳安下姜村采访，归途作。

青山绵亘湖光渺　岛似慈云云似岛
过尽千帆归棹迟　数星渔火点灯草

二〇二〇年八月十四日

西湖偶拈（五律）

暮霭归残暑　斜阳报早秋
枝头蝉唱噪　林下鹿鸣呦
把酒悠然醉　吟诗可以游
四时皆静好　一叶载轻舟

二〇二〇年八月二十二日

乞巧节（七绝）

星汉苍茫七夕临　牛郎织女两相寻
鹊桥最重人间意　只道多情乃佛心

二〇二〇年八月二十五日

白露送二子求学（五律）

暑期购高价机票催双生子归国，在家逗留廿日，又成小别。

鸿雁南飞越　儿郎北绕桓
空归休对镜　独自莫凭阑
明月嗟霜冷　青灯梦露寒
晚凉星点雨　秋思八千滩

二〇二〇年九月七日

咏金华佛手

（七绝）

佛指凝香婺州客　禅机飞诏北山人[1]

留连清供不堪啖　接引秋光又一巡

注：①北山人，即『北山四先生』，亦称『金华四先生』，是对宋元时期金华学派的四位著名学者何基、王柏、金履祥、许谦的统称。

二〇二〇年九月十四日

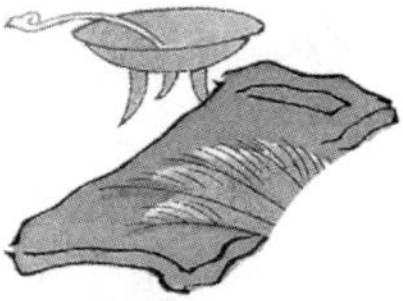

秋夜灯下临帖（七绝）

秋雨夜，临《韭花帖》，闻桂香，作此遣兴。

虚窗执笔叩杨家　萧散灯花对韭花

闲听江南黄叶雨　喑喑只向木樨嗟

二〇二〇年九月十六日

观书画展后作（五律）

于浙江美术馆观赏『岭上多白云——纪念汪曾祺诞辰百年书画展』，依杜甫诗韵作诗一首。

公也才无敌　萧然亦不群
冬心门下客[1]　白石府中君
花鸟鱼虫动　诗书草木欣
高山流水曲　化作岭头云

注：①冬心，金农，杭州钱塘人。自号『冬心先生』，『扬州八怪』之首。1993年秋，余任《杭州日报》副刊记者时曾采访汪曾祺先生，先生赠余《蒲桥集》，并在扉页题杜甫《春日忆李白》『渭北春天树，江东日暮云』诗句。今见先生字画如面，似秋日桂子馨香灼然。

二〇二〇年九月二十二日

郊外访木樨（五绝）

城中桂香渐起，念郊外木樨，或恐忆我，特驱车探望，见树上花发粲然，且添鸟窝一处，聊为短句。

怀君庭月立　花气浣柔肠
秋暮匆还驾　不堪负晚香

二〇二〇年九月二十六日

咏桂

（七绝）

金粟初开芳草妍　满城争睹广寒仙
钱江潮涌香吹雪　阆苑不归共醉眠①

注：①苏轼有诗曰『不归阆苑归西湖』。

二〇二〇年九月二十八日

中秋夜登吴山

（七律）

弦管灯花璀璨汇　烟波诗草历千载
一江蟾魄飞天际　八面秋香对四海
楼榭河坊盈座客　城隍阁殿满堂彩
吴山聊可登临望　明月清风倚马待

二〇二〇年十月一日

咏月（五律）

皎澄云上鹤　旷达似幽人
天籁当知己　湖山作洛神
漫游常得句　独坐亦怀春
俯仰随乘化　悠然尔雅遂

二〇二〇年十月二日

寒露小记故宫东坡展（七律）

赴京观故宫「千古风流人物——苏轼主题书画特展」，题诗一首。

玉露金风一适逢　文华顿首谒苏公

治平余墨情无间　展庆千年梦与同

竹杖行过呼酒老　芒鞋踏破赋诗工

江山明月谁常主　归去来兮有此翁

二〇二〇年十月八日

秋夜游湖滨

（五律）

每至湖滨地　惟欣有月轮
云山多五色　物我得双泯
世事栖林谷　闲情拂俗尘
含灵生造化　款迎市朝人

二〇二〇年十月十一日

读书有感（七律）

读陈仓小说《再见白素贞》，适收惠寄大著二册，聊作短句。

岩桂冷香犹在树　芙蓉清影已成鸢
江南翠岭浮云远　渭北丹枫落日燃
湖上空余雷峰塔　人间难觅白蛇仙
吟诗捉笔书新句　满耳林风赋彩笺

二〇二〇年十月二十三日　霜降

生日自赠

（五言排律）

云水相交处　烟霞若剪裁
飞觞天马渺　喷玉白鲸徊
岸上观龙舞　礁边对雨桅
人生千曲路　浮世一枝梅
望海词堪叹　听潮诗自来
神游波影起　笑傲浪花开
灯塔中流照　文章皓月催
星河如在即　日月不欺哉

二〇二〇年十一月七日　立冬于岱山

深秋独吟（七绝）

慧日孤悬吴地暖　满山黄叶沁人心
浮云无影虚空寂　隔海谁曾听大音

二〇二〇年十一月十四日

题家父画作《秋色图》（七绝）

篱菊半遮月远遥，溪云深掩泉澄澈。
扬帆古渡思长亭，把酒霜天问快雪。

二〇二〇年十一月二十二日 小雪

银杏

（七律）

万劫寒霜气自恢 千重枝叶每轮回
仰观凤鸟翔云树 俯察虫鱼绕水苔
佳气渐成莲蕊目 德馨多结宝珠胎
啸风更得翩跹舞 梦蝶庄周今复来

二〇二〇年十二月七日 大雪

小园偶得（七绝）

尘嚣将尽返郊园　俏立墙边醉夕暾
止步忽然忘所似　主宾相揖各寒暄

二〇二〇年十二月十一日

冬至闲吟（五律）

冬至阳生一　庭前观日行
如如虚籁起　了了片云轻
年去书无尽　花开鸟不惊
静听银栗落　遥看众萌生

二〇二〇年十二月十九日

雪夜独酌（五绝）

弱情千载不逢春　看戏人成戏中人

遥望百年孤独月　相思几处化香尘

二〇二〇年十二月二十九日

辛丑集

2021 年

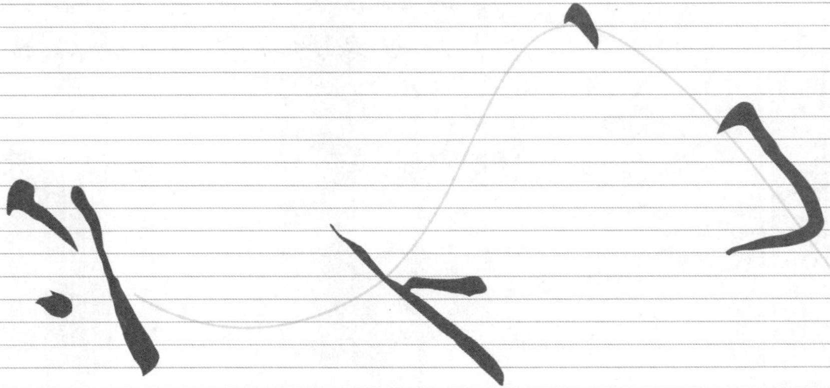

北山路与友茶话

（五言排律）

岚岫微茫日　湖边访旧贤
暖云闲院落　翠壁晚晴天
银雀园庐绕　鲤鱼池里旋
遐观梅影底　幽赏菊篱前
展卷品香茗　围炉拟锦笺
青山多妩媚　白鸟共婵娟
识得飘蓬者　当怜世事癫
更期堤上绿　再谒镜中莲

二〇二一年一月五日

寒夜喜见诸花开（七绝）

寒潮袭，未寝，移花木入室。见蜡梅初绽，水仙百合风信子花开烂漫，若星若斗、若雪若月，殊可喜。

霜瓦檐声忆故舟　雨丝风片望湖楼
瓶枝知我寻香雪　一夜鸿飞竟俊流

二〇二一年一月七日

冬夜饮茶（七绝）

水仙花下坐壶仙　鲛室浮香菊炭妍

入座佳人纵歌唱　凌波仙子亦联翩

二〇二一年一月十日

水仙（七绝）

仙子凌波春事闹　美人照水玉樽堆
灵君不为浮名转　一瓣天香自在开

二〇二一年一月十一日

观西泠秋拍展（五律）

西泠涵地秋　北斗照天晓
墨海物华悠　潮声古意杳
梅花催五言　竹叶挂三藐[1]
不有而生生　江边村鸟小[2]

注：①三藐三菩提，佛教语——指佛陀所证的『等正觉』，亦省作『三菩提』『三藐』。

②观西泠秋拍展，邂逅一偈语：『梅花落尽杏花披，未免春风著出褫。一气不言含有象，万灵何处谢无私。』造物主生而不有，为而不恃，长而不宰，无形象而得，万物欲感恩亦无处可觅，诗作者弗愧为大德也。反观身边云泥，高下立判，如鲁迅先生所言：『甚而至于要榨出皮袍下面藏着的「小」来。』是有此记。

二〇二一年一月十四日

答友人赠（七律）

福州赞强小兄以『石堂山』酒、『此刻花开』红茶相贶，作诗答之。

大寒岂可无杯酒　闽地琼浆款复还
此刻花开苔径院　谁家客醉石堂山
墨兰锦字形神古　玉液芳樽气色闲
千里碧波飞桂棹　一轮新月映酡颜

二〇二一年一月二十日　腊八

题家父《水仙图》（七绝）

家父退休后，暇以绘事相伴，怡然自得。新作《水仙图》，天真烂漫，以诗记之。

天外冻香斜复散　水边素影或疑真
振衣老叟呵冰画　举目西湖满面春

二〇二一年一月二十九日

题家父新作《惜花人在此》（七绝）

家父新作《惜花人在此》，展看如掇冷香，漫题一首。

三两花枝含浅笑　几多树色半斜春

卢家幸有丹青手　伊是真正爱美人

二〇二一年一月二十九日

与友北山闲话（五律）

大年初四，与友北山路茶叙，戏成三首。

其一

门外人龙闹
西湖春日好
鸽哨催鱼跃
几多嘉福地

庭前月树幽
小院牡丹菜
茶香引鹿呦
无量是珍馐

其二

人皆西子爱
笔底春秋梦
烟波犹未逝
印象诗千首

我亦每蹰踟
浮生草木词
舟楫自堪持
湖山日月知

其三

游人观水畔
入幻知非假
淡浓皆旧雨
颠倒千秋梦

水亦观游人
逢缘觉愈真
高下竟微尘
春花一笑嗔

二〇二一年二月十六日

东君（七绝）

塞北胡沙氤郁中　江南绿袖已登楼

东君藜杖倾觞曲　化作春潮醒水牛

二〇二一年二月十八日

过柳浪闻莺

（七律）

草绿鸢飞青鸟心 鸾翔凤翥美人琴

南屏钟鼓云端觅 西子冰弦月下寻

常叹诗肠空短句 无如柳影每长吟

云山三面何从寄 一树斜阳照晚襟

二〇二一年二月二十六日

访法云古村

（七律）

逸兴元宵天竺去　雨衣不着入山行

云生澹若三秋树　溪响清如万点筝

半盏炉香迎客舞　一枝松影为吾倾

倚观春信窗前过　点滴檐花几许情

二〇二一年二月二十八日

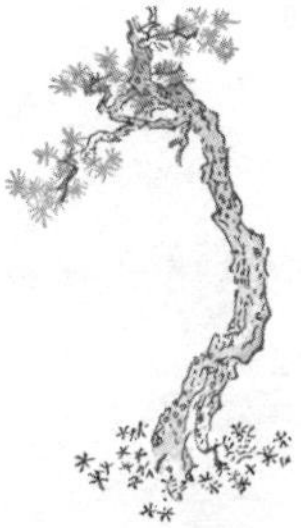

惊蛰（七绝）

新雷一响元神醒　默处枯根动气机
三月芒鞋何觉倦　春心不待百花飞

二〇二一年三月五日

辛丑二月忆昌耀先生（七律）

昌耀先生辞世已逾廿载，忆早年与先生鸿雁往来，畅谈诗艺人生，慨光阴如电，不禁唏嘘感怀。

日月山前风雪客　牛羊岭上史诗魂
慈航漂泊桃源泣　苦海沉浮大漠吞
纵使文章知己少　何妨诗锦百花存
蓬莱廿载须珍重　流水高山尽翠樽

二〇二一年三月十三日

春日西湖晓行（七绝）

晓至柳浪闻莺，草木清润，遂吟之。

西子晨妆惊觉晚　安知晓起又描眉
柳黄最喜春风闹　翻作烟波五彩丝

二〇二一年三月十八日

闻春雷偶作（七绝）

晨醒闻辊雷，时序流转，万物幽娴步入春分。

雷鼓鱼龙过万军　桃枝竹马绿罗裙

心旌深柳唐风舞　梦泊吴山宋画云

二〇二一年三月十九日

谢老友春宴（七绝）

春分夜，老友下厨烹春宴飨众，作小诗以谢。

火腿鹅肝三鲜羹 葡萄桂酒列霞觥

笋尖葶荠香椿嫩 不负春光不负卿

二〇二一年三月二十一日

游塘栖（七律）

应友人邀，赴塘栖摘枇杷，游古镇，赋诗一首。

榴靥乍红梅子熟　蕉园含翠柳丝齐
农家座上尝芦橘　古镇阶前踏锦泥
明月几回归晚树　故人一笑醉茗溪
何年再觅枇杷熟　即从吴山下塘栖

二〇二一年五月二十一日　小满

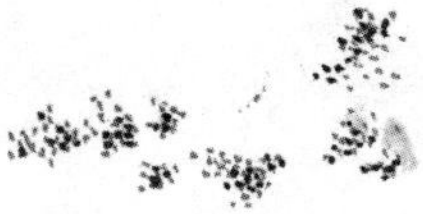

游国清寺

（五律）

随机关党委疗休养，重游国清寺漫作。

霜柏连高塔　隋梅枕古钟
名山含万象　法乳孕千峰
此地多真趣　浮生每动容
落花苔径湿　回首觅无踪

二〇二一年六月十五日

观天台大瀑布（七律）

碎玉相呼喷夏雪　银瓶乍破吐春雷
洛神振袂飞天舞　山鬼酣歌石壁开
鹿树鹤姿生翡翠　烟霞牛迹照青苔
松风送我游仙苑　花雨留人入画来

二〇二一年六月十六日

小暑日莳花弄草

（五律）

何以消时暑　青罗拂绿鬟
宝莲香自在　竹叶影安闲
柳暗迎新月　云酣向晚山
尘襟无片事　长物蕙风环

二〇二一年七月七日

大暑（七绝）

蛙鸣蝉噪未曾穷　蕉梦泉声柳岸风

冷热荣枯皆况味　枕书摇扇望星空

二〇二一年七月二十二日

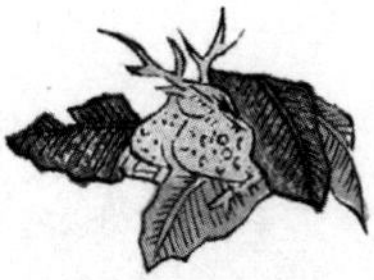

访青山村（七律）

随杭州市品牌促进会走访余杭区黄湖镇青山村，率成一诗。

碧玉翠微朝暮立　蛟龙绿水古今姿
平沙白鹭迎秋早　远树长虹带雨迟
最喜书堂挥素扇　不妨小坐听朱丝
青山见我多明媚　我见青山应若斯

二〇二一年八月五日

立秋（七绝）

沙堤几度芙蕖乱 竹坞何人杖履迟
遥想浮阳沽酒处 梧桐又落数行诗

二〇二一年八月七日

月下独酌

（五言排律）

小窗桐叶落　幽径百枝连
玉露凉虫蚁　炎嚣化纸烟
我疑乘月去　不觉意萧然
提笔作琴剑　回眸观瑞莲
从容方得道　抱朴可延年
遥忆东山客　又过数重天

二〇二一年九月七日　白露

念奴娇·咏古法造纸

辛丑八月初四，随杭州市品牌办走访富阳大竹元、蔡氏纸坊，戏作一词。

茂林修竹　长绵亘　滋养江南风物
纸上元书辛苦制　七十二回澡熨
飒沓如风　氤氲似雾　卷起钱塘雪
皇城风靡　墨林多少腰折
遥想公望当年[①]　揽春江若汝　神超奔突
《书谱》兰舟[②]千载过　超拔人间书卒[③]
逸兴廊桥　将阑干拍遍　越溪澄冽
长天秋水　一声渔笛追月

注：①公望，元代画家黄公望，代表作有《富春山居图》。
②《书谱》，为唐代书法家孙过庭所作，相传富阳为孙过庭故里。
③书卒，写字的人。

二〇二一年九月十日

姜花（七绝）

雨夜，姜花盛放，野逸芬芳。

秋雨姜花檐下开　娉婷玉气动瑶席

天香何假趋炎嚣　邀约桂娥浮一白

二〇二一年九月十二日

秋夜试纸（七绝）

檐雨秋声试新纸　绵柔韧糯自多姿
犹闻小满青青竹　倾向窗前争赋诗

二〇二一年九月十三日

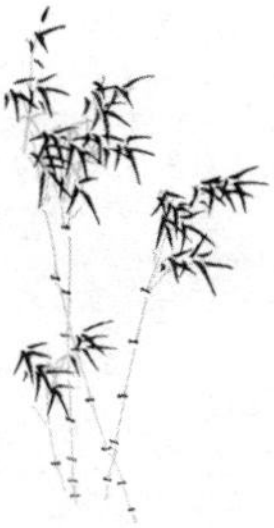

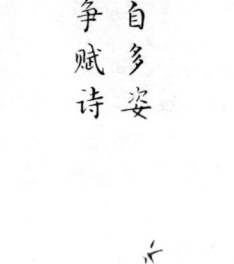

辛丑八月十三日湖上泛舟

（五言排律）

西湖寻梦夜　乘兴看花游
云舫尝莲子　霞窗忆桂秋
才辞楼外柳　又至小瀛洲
仙乐堤边树　天香水面浮
年年潮涨落　岁岁月回眸
蝴蝶江南恋　蒹葭塞北悠
文章开杖履　风雨载诗舟
飞棹孤山远　清波涌水牛

二〇二一年九月十九日

乘快艇至清波门（七律）

参加西湖西溪风景名胜区管委会中秋活动，与友乘快艇返，至清波门归家。

冰魄千秋飞御苑　玉容万顷走仙宫
茶香云气芳樽静　树影灯宵好景融
笑傲聊将怀铁笛　纵横不负有丝桐
德馨安用抬头望　分付诗魂泊水中

二〇二一年九月二十日

秋分（七绝）

木叶飘零曲水悠　烟波流转弄兰舟

从容自有婵娟月　一半吟诗一半游

二〇二一年九月二十三日

食蟹后游湖滨（七绝）

姑苏老友寄大闸蟹，啖罢漫步湖滨，感而有作。

螯蟹芙蓉醉月妆　枫桥桂子落苏杭
啖尝信步观湖色　满目青山夜未央

二〇二一年十一月十四日

冬日饮酒煎福黎[1]（五律）

文友文莺寄肉桂桑葚酒，煎豆腐蘸XO酱，听北风烫而食之。

篱菊浮青简　园蔬湿绿衣
江南千树舞　塞北百花飞
桑葚箪瓢醉　松涛杖履肥
福黎香齿颊　欲辨已忘机

注：①福黎，豆腐之古称。

二〇二一年十一月二十一日

过古堰画乡（七绝）

参加《浙江日报》举办的诗画浙江『诗路踏歌』活动，过丽水古堰画乡。

蒹葭掩映江声度　沙径逶迤云影飞

白鸟逢秋凝远树　烟舟向晚带诗归

二〇二一年十一月二十七日

咏龙泉青瓷（七绝）

玉露虚涵神火淬　千峰隐现翠茵幽
巧工更借龙泉水　化作人间绕指柔

二〇二一年十一月二十七日

访泽雅古村[1]（七绝）

龙溪白鹿卧云床　花径黄鹂舞彩裳

芳泽一亲惟大雅　梦中梦外是仙乡

二〇二一年十一月二十九日

注：①温州市瓯海区泽雅镇的竹纸制作技艺是国家非物质文化遗产之一。

访子芦窑得短句（七绝）

访龙泉青瓷大师本家卢伟孙『子芦窑』工作室，短句奉寄。

茅舍参差二三家　荷衣深浅寄年华

玉瓶岂是寻常物　闲插窗前一苇花

二〇二一年十二月一日

冬日负暄

（五律）

暖意冬阳出 韶光照水枝
负暄生别绪 倚槛念花期
疏影浮尘梦 寒香幻境姿
窗前安石榴 咧嘴笑吾痴

二〇二一年十二月五日

过涌金门（七绝）

落霞孤鹜映西湖　夕照清波浮钓徒

日复阳生春又至　晚来绿蚁小红炉

二〇二一年十二月二十一日 冬至

王寅集
2022年

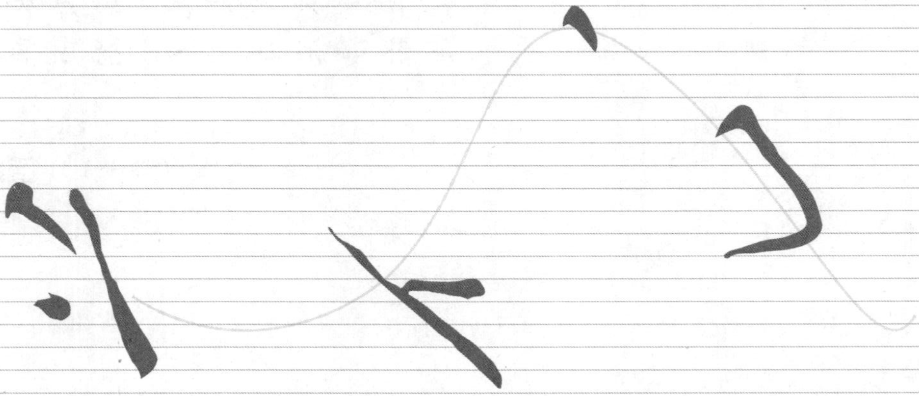

游西禅寺（七律）

元旦至福州，当地诸友伴游西禅寺、三坊七巷等地，感与惭并。

乘闲游往古榕城　有约谁同看玉琼
宋荔西园麋鹿静　越王南渡鹧鸪鸣
三坊七巷生春气　闽粤扁舟爱晚晴
名士风流今孰在　依依幽径一寒樱

二〇二二年一月二日

小寒（五绝）

塞雁渐归去　灵禽始筑巢
梅花期瑞雪　春色共眉梢

二〇二二年一月五日

寒夜赏梅

（七绝）

一剪冰清向晚开　香魂扶影出山来
闲情却寄幽窗外　搁笔挑灯看数回

二〇二二年一月五日

梦中吟（七绝）

断桥远去成遗俗　孤屿愁中对废都

宵月可怜诗客苦　幻身梅影伴吟躯

二〇二二年一月七日

冬夜围炉烹茶（七绝）

是夜，饮友自制方山露芽古树茶，中澹闲洁，蜡梅粲然似共茶香。

寒夜围炉烹贡茗　山林清气动梅桩
罗浮参得不期会　笑靥纷敷竟晚窗

二〇二二年一月十九日

小年（七绝）

冻雨纷飞行色匆 寒云相逐客舟濛

半城烟火扶风看 几树梅花吹雪红

二〇二二年一月二十五日

雨日游灵峰（七律）

与惟斋、闻中、达斯诸兄至灵峰探梅，后赴青芝坞进晚餐。

冻雨飘萧乘兴行　浮烟婉转暗香倾

虬枝鹤舞葳蕤展　凤阙花飞梦牵萦

虎豹方持梅萼印　鸡虫自带聒天声

禅心作伴山间笛　诗意同归陌上筝

二〇二二年一月二十七日

登北高峰（五律）

腊月廿八雪后，登灵隐北高峰，翌日有作。

山寺登临上　浮云似幻空
万竿松雪落　几处鸟朦胧
书剑随身老　文章过眼匆
钱塘多少事　且看北峰中

二〇二二年一月三十一日　雪后

雪夜探梅（七绝）

雪夜至放鹤亭，明月高悬，梅雪交辉，相逢莞尔。

年年隔岸观春雾 今伴孤山探早梅

苏小放歌幽谷动 林逋把酒莫停杯

二〇二二年二月二日

涌金门外看雪（七绝）

澡雪桂觞飞贝阙　涌金门外看琼林

诗才岂为尘劳尽　留得松篁听虎吟

二〇二二年二月七日

赠茶人（七绝）

古木君山陌上禾　落霞德曜是云何
茶仙簇捧金丝盏　破雪新吟七碗歌

二〇二二年二月十七日

同诸友访梅（七绝）

与达斯、那海、黄拓诸友孤山月下访梅。

月魄冰魂载雪烧　此花开尽百花飘
素心不厌江湖客　铁笛横吹战未消

二〇二二年二月十七日

惊蛰（七绝）

雷公击鼓九天冲　云母垂帘万象融[1]
烟柳多情弄芳草　桃花无事笑春风

注：①融，融合、流通。

二〇二二年三月五日

超山探梅（七绝）

与浙大理事会诸友至超山探梅花。

铁骨凌虚傲雪姿 向来孤鹤不趋时

梅妆额点陶公酒 抱膝闲吟杜老诗

二〇二二年三月八日

谒吴昌硕先生墓（七绝）

谁家暮笛落梅丘　昨梦归来雪满裘

安吉缶翁诗意美　千年小寿墨痕留[1]

注：①吴昌硕曾题『梅花小寿一千年，赢得神仙对绮筵』于《梅花水仙》。

二〇二二年三月九日

怀落樱（五律）

小区樱花初绽，昨夜为大风所摧，诗以怀之。

早起压枝静　归迟映地纷
司春花似雪　不夜锦成云
飒尔惊鸿影　飘然梦蝶裙
婆娑天地舞　烂漫几如君

二〇二二年三月十九日

青山湖踏青（五言排律）

周末，与浙大理事会诸友临安青山湖踏青。

堤青鸥鹭翩　波绿鳜鱼鲜
杉径舞新燕　桃源升紫烟
儿童争柳帽　佳丽竞花前
地胜多寻乐　林深可问禅
鸡鸣村火路　月落钓翁船
歌脚啖春菜　人天两适然

二〇二二年三月二十日

春困（七律）

枯坐尘寰年景促　惊心世味复添霜
江南梦醒花神叹　岭外夜寒草圣狂
四海客身空逐浪　三春心事已料荒
漫吟残卷思时态　延眺城中又醉妆

二〇二二年四月八日

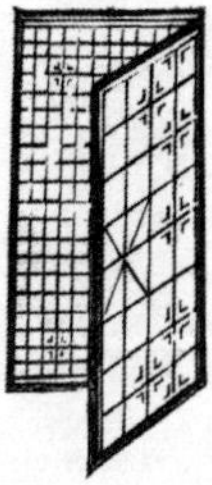

习印（七绝）

石不能言最可人　斑斓方寸蕴奇珍
熊鱼鸟雀随心绘　游艺提刀远疫尘

二〇二二年四月十日

临江仙·赏《千里江山图》

盛世高清图卷　流年长恨飘蓬
回头明月已匆匆
空山行旅远　玄武客舟翁
今夕衣冠名士　何人书剑调弓
浑沦千里屹然中
风流纸寿梦　青绿水天融

二〇二二年四月十八日

临江遣怀（七绝）

单位抽调亚运村媒体运行中心挂职，午间徜徉钱塘江畔遣怀。

路转溪桥幽草绿　树阴小憩独过舟
莫嫌此际烟波淡　且枕花香听信鸥

二〇二二年四月二十日于钱塘江畔亚运村指挥部

立夏杂诗（七绝）

紫藤飘忽薰风至　芍药殷勤盛事妆
手把青秧根敞静　闲听蝼蛄比癫狂①

注：①蝼蛄，俗称蝲蝲蛄，喜群君，可入药，对农作物危害大。俗语有『听蝲蝲蛄叫，难道就不种庄稼了？』比喻不能因为有人妄加指责，就不敢做事。

二〇二二年五月五日

闻西湖柳横祸有感（七绝）

闻西湖柳树被拔，和孤山鹤亭先生《即兴偶感》依韵遣怀。①

波光初起翠丝柔　客寐半醒莺夜愁
多事何人偷拔柳　无端西子亦蒙羞

注：①孤山鹤亭先生原玉《七律·即兴偶感》：柳浪闻莺惊拔柳，飞莺无处唱风流。何方蠢货没文化，千古西湖遇大仇。

二〇二二年五月十一日

小满（七绝）

麦浪葳蕤芦橘秀 稻花吐蕊荔枝妍

人生小满即圆满 细雨微风四月天

二〇二二年五月二十一日

芒种（七绝）

生来独立江湖远　不羡鸡争乱转蓬
芒穗摇光连草绿　青梅煮酒向花丛

二〇二二年六月六日

途中杂咏（七绝）

赴西溪湿地参加『宋画里的生活·鬓边四季花』活动有咏。

簪枝芍药入琅嬛　鬓影罗衣织锦弦

宋韵元声今孰在　荼蘼犹隔一青莲

二〇二二年六月九日

夏至与友饮湖上

（七律）

初晴幽赏饮湖上　向晚遐观凤阁悠
翠黛每将灯影染　金波自渡水声柔
孤舟顾影何如唱　一曲回肠寂寞秋
苏老持樽吟兴至　鬓簪西子醉红榴

二〇二二年六月二十一日

观雨

（七律）

乌墨覆檐千嶂静　乱珠连屋五湖倾
鳌精跃浪翻清白　鬼魅争名逐利行
沧海浊流宜濯足　罗浮云渺且骑鲸
万重树色埋时雨　一缕荷香气压城

二〇二二年六月三十日

小暑

（五律）

何以祛炎暑　惟寻云水间
荷塘香自在　竹径影安闲
草碧映嘉树　波清浮空山
尘襟无片事　长物蕙风环

二〇二二年七月七日

宁波慈城古镇抱珠楼开业志喜[①]（七绝）

含泽句章义薄琴 抱珠握玉世无寻

虚涵清对茶香熟 万卷诗书一寸心

二〇二二年七月二十三日 大暑

注：①宁波慈城，秦时称句章。

赴闽道中听窦唯新歌《兰亭集序》有作（七绝）

曲水流觞酒杯老　茂林修竹雨丝摧
行人莫唱兰亭序　饮马秋风草色哀

二〇二二年七月二十七日

采风杂咏（七律）

参加《诗刊》社邵武采风过沧浪阁。

一羽仙霞于此落　沧浪之水自天开
羚羊挂角无寻处[1]　锦石知时有梦来
杰阁斯文惊素雪[2]　溪山大雅照青苔
诗魂彩笔何愁暮　明月清樽两对猜

注：①羚羊挂角，出自《沧浪诗话·诗辩》的『盛唐诗人，唯在兴趣，羚羊挂角，无迹可求』。
②杰阁，即高阁。

二〇二二年七月三十一日

处暑（五律）

炎阳翻作际　江水已寒侵
暑气逢秋敛　涛声向晚参
长河衔赤日　大野涌黄金
岁序知轮值　清风善护心

二〇二二年八月二十三日

壬寅湖心亭中秋拜月（七绝）

桂棹兰舟心映亭　三潭秋月几多名

年年玉兔累诗酒　日日瑶池醉夜莺

二〇二二年九月十二日

与诸友小酌梧桐隅

（五言排律）

落霞山道静　斜日短亭低
野草湿芒履　林烟生九溪
云杉浮旧雨　元鸟木樨栖
曲径通幽处　桂香催马蹄
青莲凝绮绣　赤鲤若虹霓
小酌梧桐院　豪吟鸿雁啼①
私房菜肴美　花气醉东西
蓬岛千般好　何如此境兮

二〇二二年九月二十九日

注：①豪吟，气势豪放的诗歌。

秋夜书怀（七绝）

木樨一夜竞风流 佑庇苍生几度秋
香雾暖云侵户牖 有人诗里荡轻舟

二〇二二年十月十七日

过兰亭（七绝）

参加『名家迎亚运、走诗路、赏文都』采风，过绍兴兰亭。

雨后空山黄叶飞　溪边淡竹白鹅肥
流觞亭里听花落　曲水池前把酒归

二〇二二年十一月二十二日 小雪

壬寅十月廿八游新昌大佛寺（七绝）

塔尖青嶂外　石上殿阁环
千佛院香袅　般若谷瀑潺[1]
临池诸界动　面壁万山闲
霭霭灵光照　同行念念还

二〇二二年十一月二十三日

注：①千佛院、般若谷，位于新昌大佛寺风景区。

雪日访阮公墩[1]（七绝）

大雪日与诸友坐画舫访阮公墩。

雪舫清虚尘影动　瑶琴婉转水波悠

山青兴尽熊鱼梦　湖白情深且一留

注：①阮公，即阮元，号雷塘庵主，江苏仪征人。清代著名经学家，金石书法家。曾任浙江学政、巡抚多年。其间疏浚西湖、修筑海塘、创办书院，颇有政绩。

二〇二二年十二月三日

壬寅冬月初八雪中登湖心亭（七绝）

空山凝望太虚真　湖上漫寻一点尘

最喜芸窗清友至[1]　凌冬独傲亦天真

二〇二二年十二月七日

注：①清友，梅花的别称。

赏枫梅有感（七绝）

昨南屏山下赏枫，今阳台素心蜡梅报岁，赋诗旌之。

南屏红叶渐逶迤　西子风荷是我师

幽赏今朝何所有　素心争赋七言诗

二〇二二年十二月十六日

癸卯集
2023年

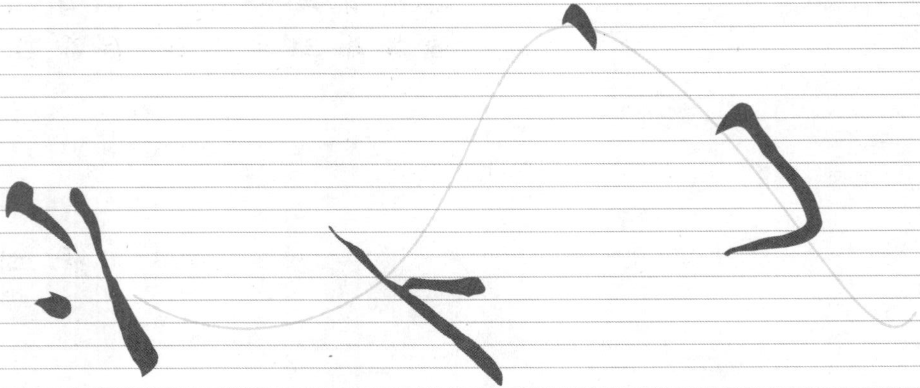

病中偶记（七律）

腊月初染疾，病中有感。

岁晚人间冰雪封　夜寒江东寂寥踪

劫余衰草飘蓬雨　愁里悲风暮角松

无奈丹枫空色重　可怜梅雪失香浓

拥衾书枕望湖月　不觉阑珊又一冬

二〇二三年一月十二日

小年祈吉（七绝）

病起，摆盘迎小年。

糖瓜红烛花雕酒　香雾朱梅共水仙

恳祷灶君言好事　江南江北兆丰年

二〇二三年一月十四日

谢文莺赠梅花酒（七绝）

大寒日水仙绽放，文莺女史以『酉十五』梅花酒相贶，惭以诗报。

梅阁玉瓶琼思冻　银台金盏舞澄空

围炉小饮梅花酒　入梦相逢花信风

二〇二三年一月二十日

获赠有感（七绝）

获『两块砖』砖主莫言、王振先生赠五福墨宝，韩国国宝级女诗人卢香林女史寄诗集和精美笔盒，有感赋诗。

五福临门照静轩　江原首尔跃鹏鲲[1]

诗心总与春风舞　长向人间送小温

二〇二三年一月二十日

注：①鹏鲲，鹏鸟与鲲鱼。

癸卯立春过柳浪闻莺

（七律）

柳丝清简薄寒天 树色萧条斜日边

元鸟连天追司马 老枝作阵醉书颠

宋宫挹秀生春草 钱氏迎潮射浪仙

陌上花开莺语乱 涌金门外绿堆烟

二〇二三年二月四日

悼星云大师（七律）

惊闻星云大师圆寂，不胜悲悼。大师曾为余书『向前有路』一笔字，端挂陋室逾十载。

灵鹫菩提慈爱种　扬州长老苦耕耘
丛林百丈清凉法　稽首传灯功德文
一笔诗心空色解　三千世界妙音闻
归来乘愿繁星护　火树银花皓月醺

二〇二三年二月五日　上元节

西溪品宋宴（七绝）

尘外尝新笑语纷　人间至味解诗文
相看柳眼初几点　小醉梅花已十分

二〇二三年二月十日

正月廿二返乡悼大伯父（七绝）

世父今兹骑鹤回　锦溪素练雁鸿哀[1]

慈容宛在与春寿　梦觉梨花几度开

注：①锦溪，东阳上卢环村之溪流。

二〇二三年二月十二日

灵峰探梅偶得

（七绝）

幽姿淡泊与春同　疏影从容静对风
策杖斯人花下立　梦中梦外两朦胧

二〇二三年二月二十八日

怀大江健三郎（七律）

应《农民日报》稿约，作诗纪念日本著名作家大江健三郎。

千里瑶华坠水云　九州春色亦氤氲
东瀛鲲化银河剑　勇者长吟野草文
体验平生殊不易　晚年样式卓无群①
绝望之海孤光照　对饮樱花共鲁君

注：①《个人的体验》和《晚年样式集》为大江健三郎两部书名。

二〇二三年三月四日

春日读俳句（五律）

春日读叶宗敏先生译日本俳句四大家集。

龙气初腾起　雷音渐始萌
梅花窗外落　�树梢鸣
金石鸟虫篆　江河诗雨情
芭蕉俳句坐　冲寂觅山樱[①]

注：①冲寂，淡泊清静。

二〇二三年三月五日

春日嘉会（五律）

癸卯闰二月廿六，『春风亦相识——卢文丽诗歌分享会』在浙江图书馆举行，知音者众，谓之『春风中一场冥想般美好的体验』。

春风应相识　明月总关情
纵马踏花过　归鞍把酒倾
抒情恒久远　得句每波清
柳意深几许　莺歌三两声

二〇二三年四月十六日

记家父画展

（七律）

癸卯三月初九，家父画展『坐看云起——望远中国画作品展』于宋韵美术馆开幕，云南音乐人阿晶奏其自制十余种乐器，逸兴遄飞。

横吹箫管竖鸣笛　高蹈韩湘自在莲

脚踩紫霞飞客地　心随翠羽舞花天

狂歌旋捣云中雀　逸兴时惊海上仙

神籁开篇扬宋韵　菩提一首半生禅

二〇二三年四月二十八日

老龙井听评弹（七绝）

暮春问道入山行　时雨初生复乍晴
弦指笼烟珠玉舞　一声方歇辩才惊[1]

注：①辩才禅师，北宋元丰二年（1079）自天竺归老龙井寺，与苏轼有诗词唱酬。

二〇二三年五月五日

龙井与茶人茶话（五律）

玉殿薄云起　龙池老树深
晚香时弄影　新绿自垂阴
茶熟何须问　诗成且自吟
风摇奇石醉　推敬落花斟

二〇二三年五月六日　立夏

赋家慈芳名（七律）

应中国诗歌学会稿约，以家母名赋诗。

东阳江水金风送　卢氏佳人出凤闱
心月神姿含翠质　德门仙骨桂枝辉
职居尽显操持力　身佩从容言色威
萱草花开慈孝颂　长天大野尽芳菲

二〇二三年五月十四日

居家插花（五绝）

芳心生雅趣　弱德见深情

次第多幽赏　从容亦分明

二〇二三年二月二十日

咏武陵大裂谷（七绝）

赴重庆参加机关疗休养，游武陵大裂谷漫作。

神工裂阙接灵关　亿万年同一瞬间
虹霓迭来如瀑电　武陵朝列舞云鬟

二〇二三年六月十三日

游重庆武隆天生三桥（七绝）

天外三桥栖浚源　丛林一啸偃霜猿

满山欹枕黄金甲　出涧飞觞白玉樽

二〇二三年六月十四日

听章怡雯女史弹琴（五律）

绿袖自冲静　凌波不改容
佳人声玉落　箫管曲丰雍
桐韵泉鸣石　茶香风入松
兰烟生四座　花雨共千峰

二〇二三年六月十六日

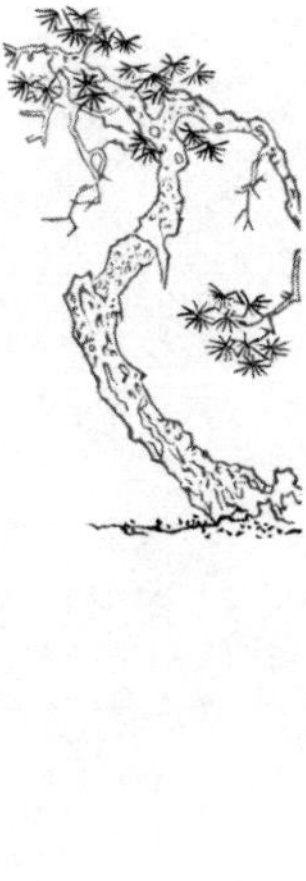

觉苑癸卯春夏钱塘雅集分韵得风（七律）

钱塘波涌若惊鸿　觉苑声传诗意融
清咏纸开天下景　高歌墨泼古今风
有情潮起思千里　如梦浮生似雪空
沧海横流归一笑　坡翁洒袂喜相逢

二〇二三年六月十七日

饮『酉十五』荷花精酿（七绝）

桃花才饮又荷花　斜插菖蒲远外邪

把酒四时尘虑洗　看山一榻雨香茶

二〇二三年六月二十二日

同事自粤寄荔枝有诗答谢（七绝）

同事顾倩自增城寄仙进奉荔枝，乃其千金亲摘，作诗以赠。

朱实连枝凝琥珀　红尘一骑疾行迟

抛书暂剥芙蓉帐　饱啖方愁未有诗

二〇二三年七月十日

酬友人赠李（七绝）

重庆诗友冉冉以『中华名果』巫山脆李相贶，惭以诗报。

凝露甘甜翡翠光　巫山飞渡到钱塘

宵长幽忆西窗烛　夜雨巴山书几行

二〇二三年七月十六日

作画纳凉（五律）

暑热，作创意水墨画纳凉。

看山听天籁　观雨出尘情
澹宕烟岚曲　苍然水墨筝
妙心常一点　真意慰平生
野老扶藜去　幽人沽酒耕

二〇二三年八月二日

和明庐师《访径山寺凌霄阁作》①（五律）

松桂迎佳客　烟霞竞见朝

身随天竺路　诗接浙江潮

苏子留琴砚　明公著雅韶

清姿灵鹤舞　劲节自逍遥

注：①金鉴才，字明庐，浙江义乌人。杭州国画院院长，中国美术学院教授，博士生导师，西泠印社名誉副社长。明庐师原玉《访径山寺凌霄阁作》：杰阁上凌霄，众峰竞见朝。情分苏子砚，思接浙江潮。寄雁来无据，游龙去自遥。殷勤成底事，惆怅月孤高。

二〇二三年十月十九日

朵云轩参展有感（七绝）

癸卯九月初七，『士与艺——当代作家学者书画展』在上海朵云轩艺术中心启幕，余五件作品参展，自励一首。

梅瓶画角数茎新　书卷青灯几度春

笔墨平生随我意　从来诗客是文人

二〇二三年十月二十一日

为余杭黄湖镇烟火溪望戏作（七律）

九曲云溪分翠壁　千峰白鸟绕层巅
寻秋拾叶谁知梦　听雨忘机别有禅
游遍放歌望野谷　归迟邀月枕泉眠
青山绿水行无尽　烟火黄湖醉自然

二〇二三年十一月四日

西湖蝶来雅谷泉山庄分享《浮生六记》（五律）

瑞气醒山色　诗情隐谷泉
悠悠琴瑟起　杳杳鼓钟连
木叶纷披锦　芦花美似烟
他年回首望　浮世梦游焉

二〇二三年十一月八日

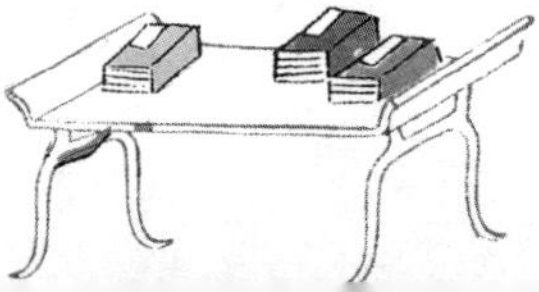

周末杂咏（七绝）

周末品友人手作岩茶，女友以牡丹花杯碟相贶，作诗记之。

手作岩茶回味嘉　吟成赏客对云霞①

庭前老树无穷意　窗下寒梅又着花

二〇二三年十一月十八日

注：①赏客，牡丹别名。

向晚独吟

（五绝）

霜寒灯影堆　岁晚漏声催
玉蝶天涯舞　梅花梦里开

二〇二三年十一月二十二日　小雪

郊外偶得（五律）

驱车赴郊外，为敝庐通风，奉父母命摘园中菜蔬返。

幽窗明世事　静院远尘纷[1]

庭草碧如榻　园蔬绿似裙

凌寒花绚烂　阅岁洒微醺

诗道心中悟　琴音天外闻

注：①尘纷，尘世纷杂。

二〇二三年十一月二十五日

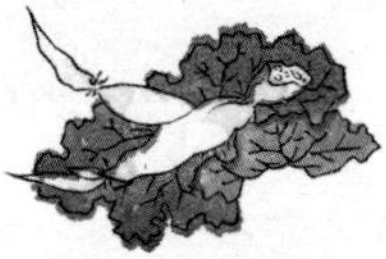

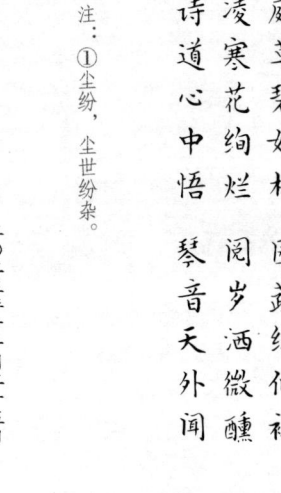

与友人西溪拍秋景（七绝）

蒹葭云白飒然容　芳树霜红似管彤

笑语斜阳无限意　裁枝芦荻作清供

二〇二三年十一月三十日

寒夜咏梅（七绝）

气温骤降，窗前蜡梅初绽，欣然有作。

疏香斜出几分萌　诗意正浮三二行

不畏啸风狂叶舞　只衔花气与多情

二〇二三年十二月十六日

甲辰集

2024年

论陶渊明《归园田居》（七绝）

神仙无惧雨风生　白鹿何曾宠辱惊

归欤南山兰菊去　萧然秋水月徐行

二〇二四年三月三十日

论苏轼《寒食帖》（七绝）

生不逢时谪客梦　却非岁月薄诗翁

芒鞋踏破风波定　归去来兮有此公

二〇二四年三月三十一日

论范宽《溪山行旅图》（七绝）

苍松默坐送寒色　飞瀑相迎情未消

卜业终南成画隐　溪山行旅路迢遥

二〇二四年四月二日

论石涛《余杭看山图》（七绝）

清流激荡余杭地 宇宙合鸣天目仰

搜尽奇峰草稿中 洞天大涤佳趣赏

二〇二四年四月五日

过周桥大塘遗址[1]（七绝）

甲辰八月参加《诗刊》社南水北调工程文化采风，过江苏淮安周桥大塘遗址。

古堤平远树梢红　空岸萧疏杉径风

万里长江由此北　烟波回望忆林公

注：①周桥大塘，又称洪泽湖大堤，是大运河世界文化遗产的重要节点，由时任江苏按察使林则徐监造，墙铸『林工』铭文铁锔，以示对工程终身负责之担当。

二〇二四年九月二十六日 于南水北调洪泽站

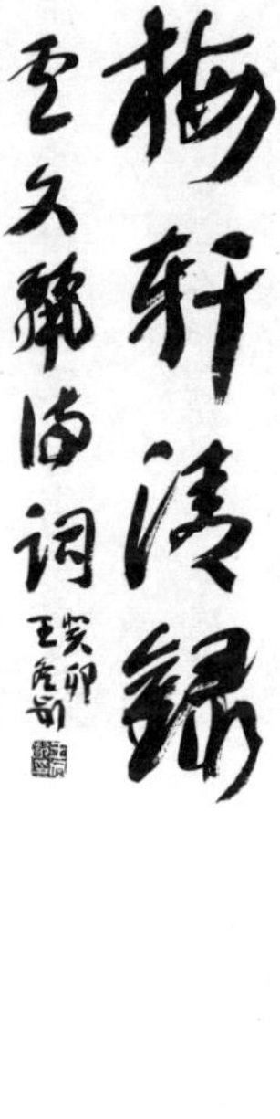
梅轩清録

跋　暗香熏人欲破禅

少时，曾于父亲藏书架邂逅一本线装版《唐诗三百首》，中华书局发行，繁体竖排。因年代久远，虫噬酸化，纸脆色黄，封面以格子练习纸保护，毛笔字题写『民国卅八年重修』。这是古典诗词在我心中最初的印象。

二十岁时，我的毕业论文是《论老庄哲学对陶渊明的思想影响》，上万字的论文，若非情之所系，冥冥中的约定，胡为乎遑遑欲何之？

自十七岁起，诗歌便如春花秋月，伴我左右。自幼生活在清波门一带，西湖水滋养人，也吸引人。我家附近，据传曾留下诸多才女足迹：李清照的清波门，林徽因的蔡官巷，陈端生柳浪闻莺门前的旧居。或许，对诗之一往情深，亦是沾了西湖的文气。

G20杭州峰会召开前，市文联出版『最美是杭州』丛书，我负责编纂诗词卷《淡妆浓抹总相宜》。彼时，沉浸于古典诗词的世界，我乐此不疲，浑然不觉工作之繁重。

五年前的暮春，老友相邀湖上饮茶，《西湖》杂志老社长钟老师（微博名『孤山鹤亭』）建议我不妨写些旧体诗，『在不影响其他文体创作的前提下』。二十世纪九十年代初，我曾在《西湖》上发过新诗，获首届『西湖诗船』诗歌奖。

同年秋天，赴泸州参加诗歌节，遇知名词人蔡世平先生。茶歇时，先生打趣他有俩对子，迄今无人能对。

我一听，跃跃欲试。我这人，无他，惟好奇心重。

会议间隙，服务员递我一纸条。展开一看，正是蔡先生的两个对子：

春种绿阴留客扫。

地任草青黄，隐水隐山还隐士。

我略一思索，提笔写下：

月浮秋影照花眠。

心随云卧起，醉风醉雨亦醉乡。

我将纸条折好，交还给服务员。散会后，蔡先生夸我对得不错，却非最佳。我趋步上前，曰：愿闻其详。并要求拜读最佳。

估计蔡先生从未碰见我这般较真执拗之人，只好在纸上写下：

月移花影要诗忙。

天随云聚散，耕风耕雨亦耕夫。

我一看，蔡先生之意境，果然比我高。见我悻悻然，先生微笑颔首：写旧体诗，汝可也。

其时，两儿负笈海外求学，家中常觉空旷，内心偶感芜杂，于是，我开始在平仄韵脚之间捣鼓起来，偶尔也在朋友圈晒一下近作。

之后，时有诗友不解地问，你怎么写起了旧体诗？语气中颇有恨铁不成钢之意。也有关心我的朋友留言，还是多写写新诗吧！

为何写旧体诗？这个问题我也思索良久，一时似也寻不出个究竟。我一向以为，古典诗词是新诗写作的深厚土壤。写新诗的人，本应具备古典诗词修养，此乃正路。早年，我曾受余光中、昌耀等前辈诗作启发，他们的诗融古典于现代，含西学于东方，展现了古今融合之美。之后亦曾有幸在杭州与余光中、洛夫先生交流，并得洛夫先生题赠诗歌书法集《天涯美学》。写现代诗的人，在学习西方诗歌的同时，汲取传统，提高修养，放大格局，是一种必然。

南朝钟嵘曰：『使穷贱易安，幽居靡闷，莫尚于诗矣。』写旧体诗，方便快捷。开会报告时，客舍舟车中，无需电脑，无需纸笔，灵心一启，随时随地。于沉闷中斟酌字词，于困顿里远离尘嚣，不亦乐乎？

写旧体诗，无功利，无铜臭，稿费微薄，刊登渺茫，惟自得一乐也。真所谓，知我者谓我心忧，不知我者谓我何求。

写旧体诗，可怡情，可聊赖，可消永昼。春写桃，夏写荷，秋写桂，冬写梅花傲雪风骨。日子变得缓慢坚定，不依附，无恐惧，觅一份觉醒，得一份自在。

写旧体诗，如静心，如坐禅，如修证。会发现，吾人个体之喜怒哀乐，古人早已遍历深尝。俯察古今，尽览命运之起伏平仄，是诗人者，总归要躬身入局，以诗自渡，此亦是人生智慧与使命。

写旧体诗，让我领会，诗如其人，人如其诗，乃诗道本义。领会叶嘉莹先生『弱德之美』之幽幽光华，诗艺中『低徊要眇』『沉郁顿挫』之深沉美感，以及诸如『饮之太和，独鹤与飞』『流水今日，明月前身』之妙境天然，无论何种生命境遇，真正的诗人，总归有办法调适与安顿自己的内心。因为，诗，就是诗人最好的治愈之道。

夫诗意者，天地之节律，宇宙之呼吸也。诗，乃有情世间之美物，是纯然，是美好，是憧憬，是冥冥中流转的韵律与清气。一位我素来敬仰的书法和诗词前辈曾对我说：惟诗人方称得上文人。我知晓前辈之意，诗人凭借独特的情感与修养成就文人精神。

写作至今，我尝试过多种文体：诗歌、散文、随笔、长篇小说、中篇小说、短篇小说……这些年，在工作和创作之余，除了研习旧体诗，我也练书法、学英语，尽量学点新知识，生也有涯，而知也无涯。人工智能不断升级，写作者亦需提升自我，方能弄潮新时代，并且，努力地向一名文人靠拢。

时值春日。春天，万物和鸣。屋内，芍药烂漫。心头回旋起《花气薰人帖》里的诗句：『花气薰人欲破禅，心情其实过中年。春来诗思何所似，八节滩头上水船。』

黄山谷此帖，让人感受到春之气象和消息，是那么的讨人欢喜，我常会临上几遍，情不自禁。

我本愚顽，人到中年，心中仍时有为花开而惊喜之情，时复有诗情在心中郁郁勃发。正如写旧体诗于我，是自然的生发，是生命之河的流淌，是生活的调适与点化，是春耕秋收的氤氲结果。生活待我不薄，我理当击节而歌之。

今将近年所作诗词辑为一册，取名《只衔花气与多情》，作为对逝水流年的纪念，愿与读者诸君分享。

感谢北大教授谢冕先生为诗集题字，感谢复旦大学骆玉明教授、金华乡贤季惟斋作序。感谢孙绍振、蔡世平、阿来、西川、王琪煌、尚佐文诸位先生的诚挚推荐。感谢莫言、吉狄马加、金鉴才、高晔、王冬龄、徐默、望远、沈浩、汪惠仁、谢有顺、陈峰、蔡栋、吴洪晖、青洋、师力斌、欧阳江河、赵丽宏、荆歌、姚伟荣、许德民、子川、鲍尔吉·原野、程维、霍俊明、马叙、冉明、车帝麟、邢鸽平等方家亲撰笔墨。尤其要感谢浙江工商大学党委书记郁建兴先生、浙江工商大学出版社郑英龙社长的鼎力支持，感谢你们出版了这本诗集。

岁次乙巳春于清波门　卢文丽